Nicolas Machiavel

Très-plaisante nouvelle du démon qui prit femme

Texte et illustration de couverture : © domaine public
Edition : Culturea (Hérault, 34)
Contact : infos@culturea.fr
Retrouvez notre catalogue sur http://culturea.fr
Imprimé en Allemagne par Books on Demand
Design typographique : Derek Murphy
Layout : Reedsy (https://reedsy.com/)

Dépôt légal : janvier 2023

ISBN : 9791041917488

Table des matières

Note de l'éditeur

Il m'a paru intéressant de publier dans le même recueil, deux traductions de cette nouvelle de Machiavel :

La première, traduite par Jean-Vincent Périès, en 1825, est la version moderne que l'on trouve dans la plupart des éditions, et notamment dans le recueil de contes fantastiques publié par E. Picard – Paris, en 1867, réédité par A. Lemerre – Paris, en 1874, que vous pouvez consulter dans leur version originale sur le site Gallica (http://gallica.bnf.fr/). Selon les éditions, le titre de cette version est Très-plaisante nouvelle du démon qui prit femme *ou* Nouvelle très-plaisante de l'archidiable Belphégor

La deuxième est la première traduction en français de cette nouvelle, que nous devons à Tanneguy Lefebvre, qui fit imprimer ce texte à Saumur, en 1664, in-12, sous le titre de Mariage de Belfegor, *à la suite de ses* Vies des Poètes grecs. *Cette traduction a été réimprimée en 1748, sous le titre* Le démon marié, *version ici présentée. Vous pouvez également consulter la version originale sur le site Gallica.*

La comparaison de ces deux traductions, fort différentes, est pleine d'enseignements que je laisse le soin au lecteur de tirer.

Coolmicro

TRÈS-PLAISANTE NOUVELLE DU DÉMON QUI PRIT FEMME

ou

NOUVELLE TRÈS-PLAISANTE DE L'ARCHIDIABLE BELPHÉGOR

Voici ce qu'on lit dans les anciennes chroniques de Florence. Un très-saint homme, dont la vie à cette époque édifiait tout le monde, raconte que, plongé un jour dans ses pieuses méditations, il vit, grâce à ses prières, que la plupart des âmes des malheureux mortels qui mouraient dans la disgrâce de Dieu, et qui se rendaient en enfer, se plaignaient toutes, ou du moins en grande partie, de n'être condamnées à cette éternelle infortune que pour avoir pris femme. Minos et Rhadamante, ainsi que les autres juges d'enfer, ne pouvaient trop s'étonner de ces plaintes, et ne voulaient point croire que les calomnies dont les damnés accablaient le sexe féminin eussent le moindre fondement ; cependant, comme ces reproches se répétaient chaque jour, ils en firent rapport à Pluton, qui décida que tous les princes de l'enfer se rassembleraient pour examiner mûrement cette affaire, et délibérer sur le parti le plus propre à en découvrir la fausseté ou à en démontrer l'évidence ; en conséquence, le conseil ayant été convoqué, Pluton s'exprima en ces termes :

« Mes très-chers amis, quoique je sois le maître de cet empire par une disposition céleste et la volonté irrévocable du Destin, et que par conséquent je ne puisse être soumis au jugement ni de Dieu ni des hommes, cependant, comme la plus grande preuve de sagesse que sauraient donner ceux qui peuvent tout est de se soumettre aux lois, et de s'appuyer sur le conseil d'autrui, j'ai résolu de vous consulter aujourd'hui sur la conduite que je dois tenir dans une affaire qui pourrait être honteuse pour cet empire. En effet, les âmes de tous les hommes qui arrivent dans notre royaume disent dans leurs plaintes que les femmes en sont cause, et comme cela me paraît hors de toute croyance, je crains, si nous rendons notre jugement d'après ces plaintes, qu'on ne nous taxe de trop de cruauté, et si nous ne le rendons pas, qu'on ne nous regarde comme trop peu sévères et trop peu amateurs de la justice. Et comme de ces manières d'agir, l'une est le défaut des hommes légers, l'autre, celui des hommes injustes, et que nous voulons éviter les inconvénients qui pourraient résulter de l'une et de l'autre, n'en ayant point trouvé le moyen, nous vous avons fait appeler en notre présence, afin que vous nous aidiez de vos conseils, et que cet empire qui, par le passé, a toujours subsisté sans honte, vive également sans honte à l'avenir. »

Le cas parut, à chacun des princes de l'enfer, de la plus grande importance, et digne d'un examen approfondi ; mais si tous étaient d'accord sur la nécessité de découvrir la vérité, tous différaient sur les moyens. Ceux-ci voulaient que l'on envoyât l'un d'entre eux dans le monde, sous une forme humaine, afin de savoir par lui-même ce qui en était ; ceux-là, qu'on y en envoyât plusieurs. Les uns pensaient qu'il était inutile de prendre tant de peine, et qu'il suffirait d'obliger quelques âmes à confesser la vérité à force de tourments variés ; cependant, comme la majorité penchait pour que l'on envoyât un démon, on s'arrêta enfin à ce parti ; mais personne ne se souciant de prendre volontairement sur soi une pareille entreprise, on décida de s'en rapporter au sort. Il tomba sur l'archidiable Belphégor, qui avant d'avoir été précipité du ciel, était archange. Quoique peu disposé à se charger de ce fardeau, il se soumit toutefois à l'ordre de Pluton, et se prépara à exécuter ce que l'assemblée venait d'arrêter. Il s'obligea à suivre exactement et de tous points les conditions qui avaient été solennellement convenues entre eux. Voici en quoi elles consistaient : on devait donner immédiatement à celui auquel cette commission serait confiée une somme de cent mille ducats, avec laquelle il devait venir dans ce monde sous une forme humaine, y prendre femme, vivre pendant dix ans avec elle, feindre au bout de ce temps de mourir, revenir en enfer, et rendre compte à ses supérieurs, par sa propre expérience, des inconvénients et des désagréments du mariage. Il fut convenu, en outre, que durant ce laps de temps il serait exposé à toutes les incommodités et à tous les maux auxquels les hommes sont sujets, et qu'entraînent à leur suite la pauvreté, la prison, les maladies et toutes les autres infortunes, à moins qu'il ne parvînt à les éviter par son adresse ou son esprit.

Belphégor, ayant donc accepté les conditions et l'argent, s'en vint dans le monde, et accompagné d'une suite brillante de valets et de gens à cheval, il entra dans Florence de la manière la plus honorable. Il avait fait choix de cette ville entre toutes les autres, parce qu'elle lui parut plus indulgente pour ceux qui aiment à faire valoir leur argent par l'usure. Ayant pris le nom de Roderigo di Castiglio, il loua une maison dans le quartier d'Ognissanti. Pour qu'on ne pût découvrir qui il était, il sema le bruit qu'il avait quitté l'Espagne tout jeune encore pour se rendre en Syrie, et que c'était à Alep qu'il avait gagné tout ce qu'il possédait ; qu'il était parti de ce pays pour venir en Italie, afin de se marier dans une contrée plus humaine, plus civilisée, et plus conforme à sa manière de penser.

Roderigo était un très-bel homme, qui paraissait âgé d'une trentaine d'années ; le bruit de ses richesses se répandit en peu de jours. Toutes ses actions dénotaient un caractère doux et généreux ; aussi beaucoup de nobles citoyens qui avaient des filles et peu d'argent s'empressèrent de les lui offrir. Parmi toutes celles qui lui furent présentées, Roderigo fit choix de la plus belle, que l'on nommait Honesta, et qui était fille d'Amerigo Donati ; ce dernier avait en outre trois autres filles presque en âge d'être mariées, et trois fils déjà hommes faits. Quoique de la première noblesse, et jouissant dans Florence de la meilleure réputation, toutefois Amerigo était très-pauvre, eu égard à sa nombreuse famille et à sa condition. Roderigo fit des noces splendides et magnifiques, et ne négligea rien de tout ce que l'on exige en pareilles circonstances ; car, au nombre des obligations qui lui avaient été imposées au sortir de l'enfer, se trouvait celle d'être soumis à toutes les passions humaines. Il se plut aux honneurs et aux pompes du monde, et attacha du prix aux louanges des hommes, ce qui le jeta dans de grandes prodigalités. D'un autre côté, il n'eut pas demeuré longtemps avec Madame Honesta, qu'il en devint éperdument amoureux, et qu'il ne pouvait plus vivre lorsqu'il la voyait triste ou ennuyée.

Avec sa noblesse et sa beauté, Madame Honesta avait apporté dans la maison de Roderigo un orgueil si démesuré, que Lucifer n'en eut jamais un pareil. Roderigo, qui pouvait comparer l'un et l'autre, regardait celui de sa femme comme infiniment supérieur ; mais il devint plus grand encore lorsqu'elle s'aperçut de l'amour que son mari ressentait pour elle ; croyant en être de tout point l'absolue maîtresse, elle lui donnait ses ordres sans égard et sans pitié, et s'il lui refusait quelque chose, elle ne balançait pas à l'accabler de reproches et d'injures. Tout cela était pour le pauvre Roderigo la source des chagrins les plus vifs. Toutefois, par considération pour son beau-père, pour ses frères, pour sa famille, pour les devoirs du mariage et l'amour qu'il portait à sa femme, il prenait son mal en patience. Je ne parlerai pas des dépenses considérables qu'il faisait pour l'habiller à la mode, lui donner de nouvelles parures, attendu que dans notre cité on a l'habitude de changer assez fréquemment ; mais pressé par ses importunités, il fut obligé, pour vivre sans noise avec elle, d'aider son beau-père à marier ses autres filles : nouveau gouffre où s'engloutit une portion de ses richesses.,

Bientôt après, pour conserver la paix du ménage, il fallut envoyer un des frères de sa femme dans le Levant, avec des marchandises, ouvrir à l'autre, dans Florence, une boutique de batteur d'or : opérations dans lesquelles il vit passer la majeure partie de sa fortune.

Ce n'est pas tout : lorsque venait le carnaval ou la Saint-Jean, époque où toute la ville se met en fête, et où les citoyens nobles et riches se font réciproquement les honneurs de chez eux, en s'invitant à des repas splendides, Madame Honesta, qui ne voulait pas paraître au-dessous des autres dames, exigeait que son Roderigo se distinguât par sa magnificence. Les raisons que j'ai déjà rapportées lui faisaient tout supporter avec beaucoup de patience ; et il n'en aurait ressenti aucune peine, quoique la charge fût bien lourde, s'il en avait vu naître la paix de sa maison et s'il avait pu attendre tranquillement le moment de sa ruine. Mais il éprouva tout le contraire ; car aux dépenses insupportables se joignirent les humeurs plus insupportables encore de sa femme : aussi n'y avait-il dans la maison ni valet ni servante, qui, au bout de quelques jours, pût se décider à y rester plus longtemps. Il en résultait pour Roderigo les inconvénients les plus graves, il ne pouvait garder un domestique sur la fidélité duquel il pût compter et qui prît à cœur ses intérêts. Les diables mêmes qu'il avait amenés avec lui, et qui faisaient partie de sa maison, imitèrent les autres, et aimèrent mieux revenir briller en enfer que de vivre dans ce monde sous les ordres d'une pareille femme.

Au milieu de cette vie tumultueuse et agitée, Roderigo, grâce à ses prodigalités désordonnées, ayant mangé tout l'argent qu'il avait en réserve, commença à vivre sur l'espoir des rentrées qu'il attendait du ponant et du levant. Comme il jouissait encore d'un excellent crédit, il se mit à emprunter pour faire honneur à ses affaires ; mais ayant été obligé de recourir à un grand nombre de prêteurs, il fut bientôt connu de tous ceux qui exerçaient ce métier sur la place. Il n'y avait que fort peu de temps qu'il avait eu recours à cet expédient, lorsque tout à coup on reçut du Levant la nouvelle que l'un des frères de Madame Honesta avait perdu au jeu tout l'avoir de Roderigo, et que l'autre, revenant sur un vaisseau chargé de marchandises qu'il avait négligé de faire assurer, avait fait naufrage, et s'était perdu corps et biens. À peine ce bruit se fut-il répandu, que tous les créanciers de Roderigo tinrent une assemblée ; ils le soupçonnaient bien d'être ruiné ; mais ne pouvant encore s'en assurer, attendu que l'échéance de ses billets n'était point arrivée, ils convinrent entre eux de l'observer adroitement, afin qu'il ne pût, aussitôt dit que fait, se sauver en cachette.

Roderigo, de son côté, ne voyant aucun remède à son mal, et sachant à quoi les lois de l'enfer le contraignaient, pensa à fuir à tout prix ; un beau matin il monta donc à cheval et sortit par la porte de Prato, voisine de sa demeure. On ne se fut pas plutôt aperçu de sa fuite, que le bruit s'en répandit parmi ses créanciers, qui s'adressèrent soudain aux magistrats et qui, non seulement mirent les huissiers aux trousses du fugitif, mais le poursuivirent eux-mêmes en tumulte.

Roderigo, quand on apprit sa fuite, était à peine à un mille de la ville ; de sorte que se voyant dans un mauvais pas, il prit le parti, pour fuir plus secrètement, de quitter le grand chemin, et de chercher fortune à travers champs : mais les nombreux fossés dont le pays est coupé retardaient infiniment sa marche. Voyant alors qu'il lui était impossible d'aller à cheval, il se mit à se sauver à pied, laissant sa monture sur la route ; et après avoir longtemps marché à travers les vignes et les roseaux qui couvrent la contrée, il arriva près de Peretola, à la maison de Giov. Matteo del Bricca, l'un des laboureurs de Giovanni del Bene. Heureusement il trouva Giov. Matteo qui revenait au logis pour donner à manger à ses bœufs ; il se recommanda à lui, et promit, s'il le sauvait de ceux qui le poursuivaient pour le faire mourir en prison, de le rendre riche à jamais, et de lui en donner à son départ une marque si évidente, qu'il ne pourrait se refuser d'y croire, lui permettant, s'il manquait à sa parole, de le livrer lui-même aux mains de ses ennemis. Quoique paysan,

Giov. Matteo ne manquait pas de finesse ; jugeant qu'il ne risquait rien, il promit de sauver Roderigo, et l'ayant fait monter sur un tas de fumier, il le recouvrit avec des roseaux et d'autres broussailles qu'il avait ramassés pour faire du feu.

À peine Roderigo avait-il fini de se cacher, que ceux qui le poursuivaient arrivèrent ; mais quelques menaces qu'ils fissent à Giov. Matteo, ils ne purent arracher de lui l'aveu qu'il l'eût aperçu. Ils poussèrent donc plus loin, et après avoir cherché vainement toute la journée et le lendemain, ils s'en revinrent à Florence accablés de fatigue.

Cependant tout bruit ayant cessé, Giov. Matteo tira Roderigo de sa cachette, et le somma de tenir sa parole. « Frère, lui dit ce dernier, tu m'as rendu un bien grand service, et je veux à tout prix t'en témoigner ma reconnaissance ; et pour que tu ne puisses douter de ma promesse, tu vas apprendre qui je suis. » Là il lui fit connaître en détail la nature de son être, les conditions qui lui avaient été imposées à sa sortie de l'enfer, et la femme qu'il avait épousée. Il l'instruisit en outre de la manière dont il voulait l'enrichir. Voici en quoi elle consistait : lorsqu'il entendrait dire qu'une femme était possédée, il ne devait pas douter que ce ne fût lui qui l'obsédât ; et il lui promettait de ne sortir du corps de la possédée que lorsque lui, Giov. Matteo, viendrait l'en tirer, ce qui lui fournirait le moyen de se faire payer comme il l'entendrait par les parents de la fille. Lorsqu'ils eurent convenu ainsi de leur fait, Belphégor disparut soudain.

Quelques jours après le bruit se répandit dans Florence qu'une des filles de Messer Ambrogio Amadei, mariée à Buonajuto Tchalducci, était possédée du démon. Les parents ne négligèrent aucun des remèdes dont on use en pareil cas ; ils mirent sur sa tête le chef de san Zanobi et le manteau de san Giovanni Gualberto ; mais Roderigo se moquait de tout. Cependant, pour que chacun demeurât convaincu que c'était un esprit qui tourmentait la jeune femme, et non un mal d'imagination, il parlait latin, soutenait des thèses de philosophie, et révélait les péchés cachés des autres ; il découvrit entre autres choses celui d'un moine qui avait tenu pendant plus de quatre années dans sa cellule une femme habillée en novice ; tout le monde en était émerveillé.

Messer Ambrogio était donc extrêmement chagrin, et après avoir inutilement essayé tous les remèdes, il avait perdu tout espoir de guérir sa fille, lorsque Giov. Matteo vint le trouver et lui promit de la rendre à la santé s'il voulait lui donner cinq cents florins pour acheter une métairie à Peretola. Messer Ambrogio accepta le marché. Alors Giov. Matteo, ayant fait dire d'abord un certain nombre de messes, et exécuté toutes les simagrées nécessaires pour embellir la chose, s'approcha de l'oreille de la jeune femme, et dit : « Roderigo, je suis venu te trouver pour te sommer de me tenir ta promesse. » Roderigo lui répondit : «Je ne demande pas mieux ; mais cela ne suffit pas pour t'enrichir ; en conséquence, aussitôt que je serai parti d'ici, j'entrerai dans le corps de la fille du roi Charles de Naples, et je n'en sortirai point sans toi. Tu te feras donner alors la récompense que tu voudras ; mais j'espère alors que tu me laisseras tranquille. » Après ces mots il abandonna la possédée, au grand plaisir et au grand étonnement de toute la ville de Florence.

Il y avait très-peu de temps que ceci venait de se passer, lorsque toute l'Italie fut instruite du malheur arrivé à la fille du roi Charles. Tous les remèdes des moines furent sans vertu ; et le roi, ayant eu connaissance de Giov. Matteo, l'envoya chercher à Florence. Notre homme, étant arrivé à Naples, après quelques feintes cérémonies guérit la jeune princesse. Mais Roderigo, avant de s'éloigner, dit à Giov. Matteo : « Tu vois bien que j'ai tenu ma promesse de t'enrichir ; maintenant que je me suis acquitté, je ne te dois plus rien. En conséquence, je te conseille de ne plus paraître devant moi ; car autant je t'ai fait de bien, autant par la suite je pourrais te faire de mal. »

Giov. Matteo retourna donc à Florence extrêmement riche, car le roi lui avait donné plus de cinquante mille ducats, et il ne pensa plus qu'à jouir en paix de ses richesses, ne pouvant croire que Roderigo pensât jamais à lui faire tort. Mais cette idée fut bientôt troublée par le bruit qui se répandit qu'une des filles du roi de France Louis VII était devenue possédée. Cette nouvelle bouleversa l'esprit de Giov. Matteo, quand il vint à penser à la puissance d'un aussi grand roi, et aux menaces que Roderigo lui avait faites. En effet le roi, n'ayant pu trouver de remède au mal de sa fille, et ayant eu connaissance de la vertu que possédait Giov. Matteo, l'envoya d'abord chercher simplement par un de ses huissiers ; mais Giov. Matteo ayant prétexté quelque indisposition, le roi fut obligé de recourir à la seigneurie, qui contraignit Giov. Matteo à obéir.

Ce dernier se rendit donc à Paris tout chagrin, et exposa au roi qu'il était bien vrai qu'il avait guéri autrefois quelques possédées, mais que ce n'était pas une raison pour qu'il sût ou qu'il pût les guérir toutes ; qu'il s'en trouvait dont le mal était d'une nature si maligne, qu'elles ne craignaient ni les menaces, ni les exorcismes, ni la religion même ; que toutefois il était prêt à faire son devoir, mais qu'il le priait de lui pardonner s'il ne parvenait à réussir. Le roi irrité lui répondit que s'il ne guérissait pas sa fille, il le ferait pendre. Cette menace épouvanta Giov. Matteo, qui, ayant fait venir la possédée en sa présence, s'approcha de son oreille, et se recommanda humblement à Roderigo, en lui rappelant le service qu'il lui avait rendu, et en lui faisant sentir quel exemple d'ingratitude il donnerait s'il l'abandonnait dans un péril aussi grave. Mais, Roderigo lui répondit : « Eh quoi ! vilain traître, tu ne crains pas de paraître devant moi ! Crois-tu pouvoir te vanter d'avoir été enrichi par mes mains ? Je veux te faire voir, ainsi qu'à tout le monde, que je sais donner et ôter à mon gré, et avant que tu puisses partir d'ici, sois sûr que je te ferai pendre. »

Giov. Matteo, se voyant alors sans ressource, chercha à tenter la fortune par une autre voie ; et ayant fait éloigner la possédée, il dit au roi : «Sire, ainsi que je vous l'ai dit, il y a un grand nombre d'esprits qui sont si malins, qu'il est impossible d'en avoir bon parti ; et celui-ci est du nombre. Je veux pourtant faire une dernière épreuve ; si elle réussit, Votre Majesté et moi nous aurons atteint notre but ; si elle est sans résultat, je serai en votre pouvoir, et vous aurez de moi la miséricorde que mérite mon innocence. Votre Majesté fera donc dresser sur la place de Notre-Dame un vaste échafaudage capable de contenir tous vos barons et tout le clergé de cette ville ; vous ferez orner cet échafaudage de tentures d'or et de soie, et au milieu vous ferez placer un autel. Je demande que dimanche prochain, dans la matinée, votre Majesté, avec tout son clergé, ainsi que tous les princes et les grands du royaume, vous vous rendiez avec une pompe royale, et couvert de vos parures les plus magnifiques, sur cette place, où, après avoir fait célébrer d'abord une messe solennelle, vous ferez venir la possédée. Je veux en outre qu'il y ait à l'un des coins de la place une vingtaine de musiciens au moins, avec des trompettes, des cors, des tambours, des cornemuses, des cymbales, des timbales, et autres instruments bruyants, lesquels, lorsque je lèverai mon chapeau, se mettront à faire retentir leurs instruments, et s'avanceront vers l'échafaudage. J'espère que ce moyen, joint à quelques autres remèdes secrets, aura la force de faire partir le démon. »

Le roi donna soudain les ordres nécessaires ; et le dimanche suivant arrivé, l'échafaudage se trouva bientôt rempli de hauts personnages, et la place de peuple, on célébra la messe, et la possédée fut amenée sur l'échafaudage par deux évêques et une foule de seigneurs. Quand Roderigo vit cette foule immense réunie, et tout cet appareil, il en demeura tout stupéfait, et se dit en lui-même : « Quel est donc le dessein de ce misérable manant ? Croit-il me faire peur avec toute cette pompe ? Ne sait-il pas que je suis accoutumé à voir les magnificences du ciel et les supplices de l'enfer ? Je le châtierai comme il le mérite. »

Giov. Matteo s'étant alors approché de lui, et l'ayant supplié de vouloir bien sortir, il lui répondit : « Oh ! oh ! tu as eu là une excellente idée ! Qu'espères-tu faire avec tout ce grand apparat ? Crois-tu par là te dérober à ma puissance et à la colère du roi ? Vilain manant, tu n'éviteras pas d'être pendu. » L'autre le supplia de nouveau, et Roderigo ne lui répondit que par de nouvelles injures. Alors Giov. Matteo, jugeant inutile de perdre plus de temps, donna le signal avec son chapeau, et les gens qu'il avait chargés de faire du bruit se mirent à sonner de leurs instruments, et s'avancèrent vers l'échafaudage avec une rumeur qui s'élevait jusqu'au ciel. À ce tapage Roderigo ouvrit de grandes oreilles ; et ne sachant ce que cela voulait dire, dans son étonnement il demanda, plein de trouble, à Giov. Matteo, ce que tout ce tumulte signifiait. Giov. Matteo, feignant une grande frayeur, lui répondit aussitôt : « Hélas ! mon cher Boderigo, Dieu me pardonne, c'est ta femme qui vient te trouver. » C'est vraiment merveille de voir à quel point l'esprit de Roderigo fut épouvanté en entendant prononcer le nom seul de sa femme : sa frayeur fut si grande, que, sans réfléchir s'il était possible ou raisonnable que ce fût elle, sans répondre un seul mot, il s'enfuit tout tremblant, délivrant ainsi la jeune fille, et aimant mieux retourner en enfer rendre compte de ses actions, que de se soumettre de nouveau aux ennuis, aux désagréments et aux dangers qui accompagnent le joug matrimonial. C'est ainsi que Belphégor, de retour aux enfers, put rendre témoignage des maux qu'une femme amène avec elle dans une maison ; et que Giov. Matteo, qui en sut plus que le diable, s'en revint bientôt tout joyeux chez lui.

FIN.

LE DÉMON MARIÉ

Présentation

Le conte qui suit parut pour la première fois, en italien, à Rome, en 1545 dans un recueil intitulé *Rime et prose,* publié par Giov. Brevio. Bien qu'on l'ait quelquefois attribué à l'éditeur de ce recueil, il paraît certain que Machiavel en est l'auteur. Il fut traduit en français par Tanneguy Lefebvre, qui le fit imprimer à Saumur, en 1664, in-12, sous le titre de *Mariage de Belfégor,* à la suite de ses *Vies des Poètes grecs.* Cette traduction, qui a été réimprimée en 1748, sous le titre qu'elle porte ici, est celle que nous reproduisons.

Nous croyons inutile de rappeler que ce conte a été mis en vers par La Fontaine.

Le démon marié

On trouve parmi les anciennes annales de Florence une histoire à laquelle on a d'abord assez de peine à ajouter foi ; mais les circonstances en sont si notables et si pressantes, que l'esprit est enfin contraint de s'y rendre, car les personnes et les familles y sont nommées, et quelques-unes sont encore présentement si considérables, qu'on n'aurait pas osé les comprendre en cette relation, si elle n'était fort authentique ; et l'histoire en serait périe avec le temps si la vérité ne l'avait défendue contre l'oubli. Un homme de probité de cette ville-là (je ne feindrai point de dire que c'est le fameux Machiavel) en a laissé des mémoires qu'il dit avoir reçus de Rodéric même, qui est le héros de la pièce.

Il dit donc que du temps que Florence était une république, une infinité de gens allaient en enfer pour être morts en péché mortel, et qu'à leur entrée dans ce malheureux séjour, presque tous se plaignaient qu'ils n'étaient tombés en ce malheur que pour avoir épousé des femmes insupportables ; que les juges infernaux en étaient fort étonnés, et qu'ils ne pouvaient qu'à peine croire que la malignité des femmes fût si grande et que l'accusation en fût véritable. Mais comme depuis longtemps on ne leur disait autre chose, et que presque tous les damnés s'accordaient dans cette accusation, ils en firent leur rapport à Lucifer, qui jugea que la chose était digne d'en faire information ; il voulut être éclairci de la vérité, et pour cet effet, ayant sur-le-champ assemblé son conseil, il leur dit ces paroles :

« Messieurs, encore que ma puissance soit absolue et arbitraire dans ce royaume sombre, et que je ne sois obligé par aucune loi ni coutume de prendre sur mes affaires l'avis de personne, néanmoins, comme il y a plus de sagesse à prendre conseil qu'à le négliger, je vous ai fait venir pour prendre vos sentiments sur une chose que je trouve très-importante, et qui pourrait procurer quelque blâme à mon gouvernement si je la laissais passer sans en découvrir la vérité. Tous les hommes qui viennent ici ne se plaignent que de leurs femmes ; ils les accusent constamment d'être la seule cause de leur perte. Cela me paraît impossible ; mais pourtant je crains, d'une part, de passer pour ridicule en accordant ma créance à ce rapport, et, d'autre part, d'être blâmé de négligence si je ne m'en informe à fond et diligemment. Dites-moi donc, je vous prie, ce que vous pensez que je doive faire en cette occasion. »

La chose parut à tous de conséquence, et ils convinrent d'abord qu'il fallait par tous moyens découvrir si les plaintes des hommes mécontents de leurs mariages étaient fondées sur la vérité ; mais ils ne furent pas d'accord sur les mesures qu'il fallait prendre pour n'y être pas trompé. Les uns opinèrent qu'il fallait envoyer sur la terre un démon en forme humaine, qui connût par lui-même du fait pour en faire ensuite son rapport ; les autres disaient qu'on pourrait savoir la chose sans se mettre si fort en frais, et qu'il n'y avait qu'à redoubler la torture à plusieurs âmes de différentes espèces, pour leur faire avouer la vérité. Cet avis trop cruel fut rejeté, parce qu'on assura que les tourments étaient une mauvaise voie pour savoir la vérité, et qu'au contraire ils faisaient toujours mentir : ceux qui ne pouvaient les souffrir, pour s'en délivrer, et ceux qui étaient assez forts pour les endurer, par la gloire qui flattait leur orgueil d'avoir résisté aux plus rudes peines ; mais on ajouta que, s'il s'agissait de tirer de l'âme d'une femme damnée la vérité par force de tourments, on y perdrait sa peine, vu que son obstination à résister à son devoir, étant déjà invincible durant sa vie, se trouverait encore confirmée et endurcie en enfer. C'est pourquoi il fut résolu, à la pluralité des voix, qu'on députerait un de la troupe en l'autre monde, pour y voir de ses propres yeux la vérité de ce qui s'y passait.

Mais personne ne s'offrant pour cet emploi, on tira au sort, et il tomba sur Belfégor, l'un des principaux ministres de cette cour, et qui, d'archange avant sa chute du ciel, était devenu archidiable. Il ne prit cette commission qu'à regret ; mais il fut contraint d'obéir, et s'engagea à pratiquer et faire exactement tout ce qui avait été résolu dans le conseil. Il avait été ordonné que celui qui serait député recevrait du trésor cent mille ducats pour aller sur la terre en forme humaine, et qu'étant là il prendrait une femme, avec laquelle il serait obligé de tenir ménage durant dix ans, au bout desquels, feignant de mourir, il abandonnerait son corps et viendrait rendre compte à ses supérieurs de l'expérience qu'il aurait faite des fatigues et des peines du mariage. On lui déclara encore que pendant tout ce temps il serait soumis à toutes les disgrâces, à toutes les passions et à toutes les faiblesses d'esprit auxquelles les mortels sont sujets, même à l'ignorance, à la pauvreté et à la perte de la liberté, à moins qu'il ne s'en sût défendre par la force ou par adresse. Belfégor vint en ce monde ayant accepté ces conditions et reçu l'argent, et s'étant promptement mis en équipage, il arriva à Florence avec une suite magnifique. Il y fut reçu avec beaucoup de courtoisie, et il y établit son domicile par préférence à toutes les autres villes de la terre, comme celle qu'il jugea plus propre à faire valoir son argent et où l'usure se pratique le mieux. Il se fit appeler Rodéric de Castille, et se logea près du bourg de Tous les Saints ; et afin qu'on ne s'arrêtât pas à s'informer plus amplement de sa qualité, il déclara qu'il était Espagnol, d'une naissance assez médiocre ; mais qu'ayant voyagé en Syrie, il avait négocié dans la ville d'Alep, où il avait gagné tout son bien, et que, s'étant voulu retirer, il était venu en Italie, résolu de s'y établir et de s'y marier, comme étant un pays plus poli que l'Asie et plus conforme à son humeur. Comme il s'était fait un corps à sa manière, il était beau et de bonne mine ; il paraissait être à la fleur de son âge ; et ayant dans peu de jours fait connaissance avec les principaux de la ville et fait montre de ses richesses et de sa libéralité, témoignant à tout le monde une extrême honnêteté et une grande douceur, plusieurs des nobles qui avaient peu de biens et beaucoup d'enfants s'empressèrent de le caresser et de rechercher son alliance ; mais il préféra à toutes les autres femmes Honorie, fille d'Améric Donati, une des plus belles de Florence, et qu'il crut mieux lui convenir.

Le seigneur Donati était sans doute d'une très-noble famille, et fort considéré dans sa ville ; mais, ayant encore trois autres filles, aussi prêtes à marier que leur aînée, et trois fils hommes faits, on peut dire qu'il était très-pauvre par rapport à sa qualité et au rang qu'il était obligé de tenir, et par sa nombreuse famille.

Rodéric n'oublia rien pour rendre ses noces pompeuses et magnifiques ; tout y fut éclatant et splendide, et la fête en fut très-galante ; et comme, suivant la loi à lui imposée, il devait être sujet à toutes les passions des hommes, il eut l'ambition de rechercher les honneurs et les applaudissements publics. Il était avide de louanges ; il aimait le faste, et cette passion lui fit faire de grandes dépenses. D'autre part, il prit tant d'amour pour Honorie, qu'il ne pouvait vivre sans elle, et s'il la voyait triste ou mécontente, c'était assez pour le désespérer. Elle avait porté dans la maison de son mari, avec sa noblesse et sa beauté, un orgueil si insolent, que celui de Lucifer même n'était rien en comparaison ; et Rodéric, qui avait éprouvé l'un et l'autre, trouvait que celui de sa femme l'emportait de beaucoup ; mais cet orgueil alla bien plus loin quand elle s'aperçut que Rodéric l'aimait éperdument : elle se mit en tête de le gouverner absolument, et de se donner une autorité sans mesure ; elle lui commandait donc de faire les choses les plus difficiles, ou de s'abstenir des plus agréables ; et sans avoir ni compassion ni respect pour lui, s'il s'avisait de lui refuser quoi que ce fût, elle l'accablait d'injures et d'outrages, à quoi elle joignait un mépris si déclaré que le pauvre diable en mourait de chagrin.

Ce ne fut pas tout : pour le gourmander davantage, elle feignît d'en être jalouse ; mais la feinte dura peu, parce qu'elle le devint tout de bon. Rodéric était assez solitaire ; il sortait peu, méprisant les divertissements vulgaires, auxquels il préférait l'étude et la lecture ; il était officieux, et, s'intriguant dans les affaires de ses amis, il accommodait leurs différends et leur donnait de bons conseils pour finir leurs procès. On pouvait dire de lui, sans mentir, que c'était un bon diable.

Cette conduite attirait chez lui force gens de toutes qualités et de tout sexe ; il y venait des veuves, il y venait des religieux, il y venait des gens d'affaires. Honorie était incessamment aux écoutes, voulant savoir tout ce qui se passait ; elle avait même fait percer la porte du cabinet de Rodéric, afin de voir ceux ou celles qui conversaient avec lui ; mais le trou en était presque imperceptible ; il n'était su que d'elle. Par cet endroit elle pouvait entrevoir ce qui se passait, ou entendre quelque chose des conversations, qu'elle tournait toujours en mauvaise part, quelque innocentes qu'elles fussent ; et, non contente de cette impertinente curiosité, qu'on ne saurait trop condamner en une femme, elle avait l'impudence de déclarer à son mari qu'elle avait vu et ouï tout ce qu'il avait fait, tout ce qu'il avait dit, et de lui faire là-dessus son procès sans miséricorde, sans vouloir écouter ses raisons ; et plus le bonhomme s'efforçait de se justifier, plus elle le déclarait coupable, abusant ainsi de sa bonne foi et de sa patience.

Comme il est difficile qu'en écoutant de la sorte on puisse bien entendre tout ce qui se dit et connaître l'intention de ceux qui parlent, Honorie en soupçonnait plus qu'elle n'en comprenait ; et comme son mauvais naturel la portait à de malicieuses explications, elle crut tout de bon que son mari manquait à la foi conjugale, ce qu'elle crut encore avoir reconnu à d'autres marques ; mais ne sachant à qui appliquer ses soupçons, elle mit toute son étude à découvrir les intrigues maritales, et n'y épargna ni soin ni dépense. Pour cet effet elle tâcha de gagner tous les domestiques pour observer Rodéric, et disposa même un de ses frères pour l'accompagner partout, sous prétexte de lui faire honneur, afin qu'il ne pût faire un pas ni un mouvement dont elle ne fût informée.

Le frère ni les domestiques ne purent jamais rien découvrir de ce qu'elle souhaitait ; la conduite de Rodéric était sage, et il se comporta toujours si honnêtement en leur présence, qu'ils ne purent se dispenser d'en faire de louables rapports. Les démons sont chastes naturellement, et celui-ci, quoique soumis aux passions humaines, n'eut jamais de faible du côté de l'amour que pour sa femme. Honorie ne fut pas satisfaite du rapport de son frère, ni de celui des domestiques ; elle crut qu'ils étaient négligents ou gagnés par son mari : cela fut cause qu'elle rompit avec ce frère, et qu'elle chassa tous les domestiques, en la présence même de Rodéric, qui n'eut jamais la force de révoquer ce bannissement, quoique injuste, et que, parmi les domestiques, il s'en trouvât de bons et de fidèles, tant il craignait d'irriter cette femme, qui le bravait impunément. Les démons mêmes qu'il avait amenés avec lui pour le servir en forme humaine, comme domestiques affidés, furent si mal traités et si longtemps, qu'ils quittèrent comme les autres, et aimèrent mieux retourner en enfer que de demeurer avec elle. Le changement de domestiques donna lieu à d'autres ombrages et à d'autres querelles, si l'on peut appeler ainsi une persécution où la femme insultait incessamment, et le mari souffrait tout sans rien dire. Elle voulut gagner à elle le monde nouveau qu'elle avait fait ; la première leçon qu'elle leur donnait était d'être toujours de son parti contre son mari, de ne rien faire de ce qu'il commanderait sans qu'elle l'eut examiné et permis, et de prendre garde à ses déportements, dont elle voulait être informée sur-le-champ, à peine d'être chassés. C'était autant d'espions qu'elle voulait avoir auprès de ce pauvre mari, dont elle disait tout le mal qu'elle pouvait, se plaignant toujours et n'étant contente d'aucune démarche qu'il pût faire.

Les domestiques, prévenus contre Rodéric, employaient les premiers jours à observer sa conduite, en laquelle ne voyant rien que d'honnête et de raisonnable, les plus sages n'en faisaient aucun rapport à Honorie qui ne fût à sa louange ; cela ne lui plaisait pas, et lui donnait lieu de les quereller premièrement, et quelquefois de les battre de ses propres mains, et ensuite de les chasser honteusement et avec scandale, les accusant ouvertement, quoique faussement, ou de larcin ou de débauche, et en secret d'être du parti de son mari, qui les avait gagnés, ce qu'elle appelait être du mauvais parti et du plus faible.

Les serviteurs ou servantes qui valaient le moins étaient caressés pourvu qu'ils applaudissent à la dame et qu'ils entrassent dans ses sentiments, méprisant Rodéric, et disant du mal de lui ; elle les y forçait même souvent, et d'avouer des choses qu'ils ne savaient pas, comme s'ils les eussent vues, à peine d'être chassés comme les premiers ; et l'artificieuse femme, qui voulait justifier ses violences et son orgueil auprès de ses parents et de ses amis, appelait en témoignage devant eux ces serviteurs corrompus, qui blâmaient la conduite de Rodéric et donnaient gain de cause à sa femme. Ces gens ne manquaient pas de se prévaloir des folies de la femme et de la patience du mari ; ils volaient impunément l'un et l'autre, et dissipaient leur bien avec fureur. Honorie, s'en apercevant enfin, était contrainte de changer encore de domestiques, et cela arriva si souvent, qu'en une seule année elle eut plus de cinquante femmes de chambre différentes, les unes après les autres, dont les plus vertueuses méritaient le fouet par les mains du bourreau.

Honorie n'en demeura pas là : elle voulut jouer et recevoir des joueurs chez elle ; il en vint beaucoup de tout sexe, de tout âge et de toutes qualités ; le bon accueil qu'elle leur fit, et son peu d'adresse au jeu, les attira. Elle perdait presque toujours, et souvent de grosses sommes ; à cela elle joignait de fréquents cadeaux et des repas magnifiques, ce qui consuma beaucoup au pauvre Rodéric, car ses revenus n'y suffisaient pas. Sa patience fut encore la même sur ce chapitre ; il n'en osait rien témoigner, et s'il lui échappait d'en toucher quelque chose dans leur conversation particulière, c'était une querelle aussi forte que sur le chapitre de la jalousie. « Quoi ! disait Honorie, blâmer mon jeu, qui m'attire tant d'honnêtes gens, et où je gagne beaucoup ! Veut-il donc me traiter en petite bourgeoise et me renfermer dans une chambre noire ? Ce divertissement innocent, dont je ne me soucie, ne l'admettant que par complaisance, empêche-t-il que je ne veille sur ma famille et sur les affaires domestiques ? Trouvera-t-on une maison à Florence mieux réglée que la nôtre, et où toutes choses soient mieux en ordre, et le tout par mes soins ? Aimerait-il mieux que je fisse l'amour comme telle et telle (notamment plusieurs dames de sa ville, plus honnêtes qu'elle, et dont néanmoins elle déchirait impitoyablement la réputation) ? » C'est l'humeur des joueuses, lesquelles, pour élever leur conduite sur celle des femmes qui sont assez sages pour n'aimer pas le jeu, les accusent de galanterie, leur maxime étant qu'*une femme doit jouer ou faire l'amour*. Mais celles qui étaient les plus maltraitées par Honorie étaient les amies de Rodéric : car la jalousie, se joignant à l'inclination maligne de médire, ajoutait à leur égard tout ce que la fureur lui pouvait inspirer. Elle n'épargnait pas même ses proches parentes qui croyaient devoir quelque affection et de la confiance à Rodéric, à cause de l'alliance ; c'était contre celles-là qu'elle se déchaînait davantage. Un jour qu'étant à table avec son mari, elle avait entamé cette matière avec tant de véhémence, et qu'elle parlait contre une de ses parentes comme une dissolue et qui n'avait nulle pudeur, avec des circonstances, lesquelles, bien que fausses et inventées, ne laissaient pas de faire horreur : « Mais, Madame, lui dit son mari, peut-on penser ce que vous dites de son prochain, sans en avoir aucune preuve ? Est-ce par votre expérience que vous jugez si mal de la vertu de votre sexe ? On ne devrait soupçonner autrui que des faiblesses dont on est capable : pensez-vous que Dieu vous ait favorisée d'un privilège spécial ? Et quand vous voulez qu'on le croie prodigue de chasteté envers vous, est-il à présumer qu'il en soit avare envers les autres femmes ? » Honorie, révoquant à injure ce qu'on venait de lui dire, s'échappa contre son mari d'une force à perdre toute considération ; elle lui dit qu'il soutenait toujours le mauvais parti ; que c'était une preuve qu'il aimait la débauche, et qu'il avait de mauvaises habitudes avec celle dont elle avait parlé ; qu'elle les ferait repentir tous deux ; qu'elle publierait partout leur commerce. Et Rodéric, ne pouvant plus souffrir que l'innocence de cette dame fût plus longtemps outragée, la pria de se taire, et d'un ton ferme ajouta que la vertu de la dame était sans reproche ; qu'il n'endurerait pas qu'elle fût ainsi maltraitée par le poison de la médisance ; qu'elle valait plus qu'Honorie, laquelle il croyait elle-même si faible, que, si sa vertu n'était à l'abri de son peu de mérite, son honneur serait de longtemps plus ébranlé que de raison ; qu'elle était un tyran sans miséricorde, qui exigeait un tribut de patience des gens qui lui en devaient le moins. Il n'en fallait pas tant pour porter la fureur de cette femme jusqu'au dernier excès : elle leva la main contre son mari, qui évita le coup ; mais elle lui jeta certain meuble par la tête qui l'atteignit un peu. Il ne put endurer cette dernière insulte sans repousser l'injure, et il allait se venger, peut-être assez rudement, lorsqu'un voisin, qui vivait familièrement avec eux, survint inopinément. Rodéric s'arrêta à sa vue, et fit même signe à Honorie de se taire ; mais c'était le moyen de la faire crier davantage. Elle déclama de nouveau contre son mari ; elle l'accusa de l'avoir battue ; elle inventa mille faussetés pour le décrier, et enfin elle ne se tut qu'à faute d'haleine, qui lui manqua plutôt que sa rage, et qui la fit retirer.

Ce voisin officieux n'approuva pas ces clameurs ; mais, ne pouvant s'empêcher de croire quelque chose de ce qu'elle avait supposé, il entra dans ses intérêts et disposa aisément Rodéric à la paix, de peur du scandale, qu'il craignait, et qui aurait infailliblement suivi une aventure aussi surprenante.

Honorie ne fut pas si traitable ni si timide ; elle aimait à scandaliser son mari et à le traduire en ridicule ; elle en vint à bout, et dans peu de temps tout le quartier se divertit de cette querelle, plaignant la femme, qu'on supposait avoir été battue, et blâmant Rodéric d'avoir osé la frapper.

Il y eut pourtant enfin quelque réconciliation, et Rodéric, agissant de bonne foi, en usa selon sa coutume, c'est-à-dire comme le meilleur mari du monde, souffrant tout et ne disant rien. Cette méchante femme en abusa plus que jamais, et résolut de s'enrichir avec ses parents aux dépens du bon homme.

Elle commença par lui enlever toutes ses pierreries et sa vaisselle d'argent ; après cela elle divertit ses meubles les plus précieux, dont il ne savait ni le nombre ni l'importance ; et enfin, le flattant pour le mieux tromper, elle lui inspira de fournir à deux de ses frères les moyens d'entreprendre un grand commerce sur mer, lequel n'est pas défendu à la noblesse de Florence ; elle lui fit entendre qu'il serait cause de leur fortune, et qu'il augmenterait en même temps la sienne, puisqu'il aurait part au profit. Elle l'obligea encore à fournir à ses sœurs de quoi les marier, alléguant que son père, qui n'avait pas trop de bien, ne pouvait pas se résoudre à les doter durant sa vie, de crainte de manquer des choses nécessaires à sa subsistance ; mais que Rodéric trouverait après sa mort de quoi se dédommager avantageusement de ses avances, et que ce n'était qu'un argent prêté, qui serait fidèlement rendu.

Les deux frères furent pareillement mis en état de trafiquer sur mer ; il leur équipa à chacun un vaisseau, et chargea sur l'un et sur l'autre de riches marchandises : le premier fut dépêché au Levant, et l'autre vers le Ponent[1], et ce fut là principalement que la meilleure partie de son bien fut employée.

Cependant Honorie ne rabattait rien de son orgueil et de sa vanité ordinaires ; elle changeait de meubles et d'habits plus de douze fois l'année ; ce n'était que festins et que régals chez lui, mais particulièrement au temps du carnaval, et aux fêtes qu'on célèbre à Florence en l'honneur de saint Jean-Baptiste, lorsque tout le monde, et surtout les gens de qualité et les riches, font des dépenses considérables à régaler leurs amis. Honorie voulait surpasser tous les autres en magnificence, et par conséquent en dépense, ce qui le consuma peu à peu ; mais il aurait trouvé en cela moins d'amertume s'il avait pu avoir une paix domestique et attendre en repos le temps de sa décadence, ce que Honorie lui refusa toujours, devenant de plus en plus insupportable et intraitable.

Il passa ainsi environ une année, à la fin de laquelle, se trouvant n'avoir de reste de ses cent mille écus que la seule espérance du retour des vaisseaux qu'il avait envoyés sur les deux mers, il fut réduit à prendre de l'argent à intérêt sur son crédit, qui était grand, pour soutenir son train et sa dépense ; et il tarda

---

[1] Sic

peu à faire remarquer qu'il empruntait, et qu'il était endetté, par l'emploi qu'il donnait tout à la fois à plusieurs gens de change afin de lui trouver de l'argent. Il commençait à perdre son crédit, lorsqu'un jour il lui vint des nouvelles sûres que l'un des frères de son honnête épouse avait joué et perdu toute la valeur de son vaisseau, et que l'autre, revenant de son voyage avec un vaisseau richement chargé sans l'avoir fait assurer, avait péri avec tout son bien par son naufrage. Ces malheureuses nouvelles ne furent pas plutôt sues, que les créanciers de Rodéric s'assemblèrent pour veiller à leurs intérêts ; et, ne doutant point qu'il ne fît banqueroute, ils convinrent qu'il fallait l'observer pour empêcher qu'il ne prît la fuite, n'osant encore l'arrêter, parce que le terme de leur payement n'était pas encore venu. Rodéric, d'autre part, ne trouvant point de remède à ses malheurs, et pensant à l'engagement qu'il avait pris de demeurer dix ans sur la terre, se désespérait presque à voir seulement de loin la figure qu'il allait faire durant un si long temps, accompagné de la pauvreté, de l'infamie, et d'une femme encore pire que l'une et l'autre. Il résolut enfin de prendre la fuite, et un jour, de grand matin, étant monté à cheval, comme il faisait quelquefois, et sa maison étant près de la porte Prado, il sortit de la ville par cette porte. Ses créanciers en furent bientôt avertis, et, ayant sur-le-champ recouru aux magistrats pour avoir permission de le poursuivre et de le ramener, ils coururent après, la plupart n'ayant pas eu le temps de monter à cheval. Rodéric n'avait pas fait encore une lieue, lorsque d'une éminence il aperçut le monde qui venait après lui ; il se crut, dès lors, perdu s'il suivait le grand chemin : il résolut donc de le quitter, et de cacher sa fuite au travers des campagnes ; mais, comme le terrain était coupé par plusieurs fossés que son cheval n'aurait pu franchir, il le quitta, et, s'étant mis à pied, il s'écarta dans les vignes et en d'autres endroits couverts ; et, après un assez long chemin, sans être aperçu de ses créanciers, il arriva enfin dans la maison de Jean Mathieu de Brica, au-dessus de Pertole, qu'il trouva heureusement dans sa cour. Ce Jean Mathieu était fermier de Jean Delbène, Florentin ; il donnait à manger à ses bœufs, qui revenaient du labourage. Rodéric lui demanda retraite, disant qu'il était poursuivi par ses ennemis, qui voulaient le faire mourir en prison ; mais que, s'il voulait lui aider à sauver sa vie et sa liberté, il le ferait riche pour jamais, et que devant que quitter sa maison il en aurait des preuves certaines ; et que, s'il y manquait, il consentait que Jean Mathieu lui-même le livrât à ceux qui le poursuivaient. Quoique Jean Mathieu ne fût qu'un paysan, c'était pourtant un homme de résolution et de bon sens, qui, voyant qu'il n'y avait rien à perdre ni à risquer à sauver Rodéric, lui promit de le mettre à l'abri de tous dangers. Il le fit cacher sous un tas de fagots qui était devant sa maison, et le couvrit encore de paille, de cannes et d'autres matières combustibles qu'il avait ramassées pour l'usage de sa cuisine. À peine l'eut-il caché, que ceux qui le poursuivaient parurent, qui, n'ayant pu obtenir de Jean Mathieu, ni par menaces ni par caresses, de dire seulement qu'il l'avait vu, passèrent outre ; et, l'ayant inutilement cherché partout, six lieues à la ronde, ce jour-là et le lendemain, ils retournèrent à Florence.

Alors Jean Mathieu retira Rodéric du lieu où il était si bien caché, et l'ayant sommé de sa parole : « Mon frère, lui dit Rodéric, je vous ai une obligation à laquelle je dois satisfaire, et le veux ainsi de tout mon cœur ; mais, afin que vous en soyez persuadé, et que j'aie le pouvoir de m'acquitter de ma promesse, je veux vous dire qui je suis. » Et pour lors il lui raconta son histoire, lui dit les lois qu'on lui avait imposées au sortir de l'enfer, lui parla de son mariage, et n'oublia rien de ce que nous venons de dire ; il lui dit aussi par quel moyen il voulait l'enrichir, et le voici en peu de mots : « Toutes les fois que vous apprendrez qu'il y aura quelque femme ou fille possédée, en quelque pays que ce soit, soyez sûr, lui dit-il, que c'est moi qui la posséderai, et qui me serai rendu le maître de son corps, duquel je ne sortirai point que vous ne veniez pour m'en chasser ; et comme vous rendrez par là un service très-considérable à la possédée et à ses parents, vous en tirerez tout ce que vous voudrez, soit en argent, soit en autres choses de valeur. » Jean Mathieu fut content de la proposition, et, Rodéric s'étant retiré, il arriva peu de jours après que la fille d'Ambroise Amédée, mariée à Bonalde Tébaluci, tous deux habitants de Florence, parut avoir tous les accidents d'une démoniaque. Son mari et ses parents eurent d'abord recours aux remèdes ordinaires, même aux exorcismes ; mais tout cela ne profita point, et afin que nul ne pût douter que ce ne fût une véritable obsession du démon, cette femme parlait latin et toutes les autres langues ; elle traitait avec facilité des plus hauts points de la philosophie, et découvrit à plusieurs leurs péchés les plus cachés, et entre autres à un soldat qui avait gardé chez soi quatre ans durant une concubine vêtue en homme, ce qui étonnait tout le monde.

Le seigneur Ambroise, qui aimait sa fille, était désespéré de voir son mal au-dessus de tous les remèdes, lorsque Jean Mathieu, qui avait observé tout ce qui s'était passé, le vint trouver, et osa lui promettre de guérir sa fille s'il voulait lui donner cinq cents florins pour acheter un fonds à Pertole. Don Ambroise accepta le parti. Jean Mathieu ayant fait et ordonné quelques prières, et pratiqué quelques autres cérémonies, par forme seulement, s'approcha de l'oreille de la dame, et dit à Rodéric, qu'il savait bien être dans son corps : « Cher ami, je suis ici pour vous sommer de votre parole. — Je le veux bien, repartit Rodéric ; mais ce que son père vous donnera ne pouvant suffire pour vous faire riche, aussitôt que je serai sorti d'ici, je vais entrer dans le corps de la fille de Charles, roi de Naples, et je n'en sortirai que par vos exorcismes ; c'est pourquoi faites-y bien votre compte, et pensez à vos affaires et à votre fortune, avant que de l'entreprendre ; parce qu'après cela je vous déclare que vous n'avez plus de pouvoir sur moi, et que vous ne délivrerez plus de possédés. » Après ce peu de mots, la fille se trouva délivrée, au grand étonnement de toute la ville, et à la satisfaction des parents.

Quelque temps après, le bruit fut grand par toute l'Italie que la fille du roi Charles était possédée, et tous les autres remèdes n'ayant de rien servi, on dit au roi ce qui était arrivé à Florence en semblable cas, par le moyen de Jean Mathieu ; c'est pourquoi il l'envoya demander. Celui-ci, étant à Naples, guérit la princesse, comme il avait délivré la première ; mais Rodéric, avant de quitter le corps de la fille du roi, parla encore à Jean Mathieu : « Tu vois, lui dit-il, combien amplement je me suis acquitté de mes promesses ; te voilà riche par mon moyen ; c'est pourquoi je ne te dois plus rien aussi ; et ne te présente plus devant moi, parce qu'au lieu de te faire plaisir, je te ferai du préjudice. »

Jean Mathieu retourna à Florence, chargé d'or et d'argent, car le roi lui avait fait donner plus de cinquante mille ducats, et il ne pensait plus qu'à jouir en repos de ses richesses, et à vivre doucement le reste de sa vie, sans rien entreprendre davantage, quoiqu'il ne pût croire que Rodéric pût jamais se résoudre à lui nuire. Mais la tranquillité de son esprit fut troublée peu après par les nouvelles qui vinrent à Florence que la fille de Louis VII, roi de France, était possédée comme les précédentes. Cette nouvelle l'affligea beaucoup, lorsqu'il pensait à la grande autorité du roi, auquel il ne pourrait se dispenser d'obéir, et aux dernières paroles de Rodéric. Il ne fut pas longtemps dans cette inquiétude, parce que tout le mal qu'il craignait lui arriva. Le roi, informé du don qu'avait Jean Mathieu de faire sortir les esprits des corps des possédés, envoya à Florence un simple courrier, pour le prier de venir délivrer la princesse sa fille ; mais cette première invitation n'ayant pas réussi, parce que Jean Mathieu ne voulut pas venir, feignant quelque indisposition, le roi fut contraint de le demander à la seigneurie, qui le fit obéir. Il partit donc pour Paris très-triste, et fort incertain de l'événement, n'en pouvant espérer que de mauvais résultats ; étant arrivé, il représenta au roi qu'à la vérité il savait quelque chose qui avait opéré ci-devant la guérison de quelques démoniaques, mais que ce n'était pas une conséquence qu'il pût les guérir tous, parce qu'il y avait des esprits si obstinés, qu'ils ne craignaient ni effets ni menaces, ni enchantements, ni même la religion ; qu'il ne laisserait pas néanmoins d'y faire son devoir ; mais que, si le succès ne répondait pas à ses soins, il en demandait d'avance pardon à Sa Majesté. Le roi, étant déjà fâché de ce que Jean Mathieu s'était fait prier et contraindre pour venir, fut tellement piqué de cette préface, qu'il prenait pour un effet de la mauvaise volonté du Florentin, qu'il lui répondit que, s'il ne guérissait sa fille, il le ferait pendre.

Ces paroles furent un coup de foudre pour le pauvre Jean Mathieu ; mais enfin, ayant repris courage, il fit venir la possédée, et s'étant approché de son oreille, il se recommanda très-humblement à Rodéric, le priant de se ressouvenir de ses services passés, et quelle serait son ingratitude s'il l'abandonnait dans un péril aussi pressant. Mais Rodéric, encore plus en colère que le roi : « Traître infâme que tu es, lui dit-il, oses-tu bien encore paraître devant moi, après te l'avoir défendu ? et ton avarice ne devait-elle pas être assouvie des biens que je t'ai procurés ? L'ambition d'en avoir davantage te fera perdre ceux dont tu jouis ; tu ne te vanteras pas longtemps d'être devenu grand seigneur par mon moyen ; je te ferai sentir, et à tout le reste des mortels, qu'il est en mon pouvoir de donner et d'ôter quand il me plaît ; et avant qu'il soit peu je te ferai pendre. »

Dans cette extrémité, Jean Mathieu, se voyant déchu de tout espoir de ce côté, voulut tenter fortune d'une autre part ; et, s'étant retiré, il fit voir assez de fermeté, et dit au roi, après avoir fait retirer la princesse : « Sire, je vous ai déjà fait entendre qu'il y a certains esprits si malins et si opiniâtres qu'on ne peut prendre aucunes mesures certaines avec eux ; celui-ci est de cette espèce ; mais je veux faire une dernière épreuve, de laquelle Votre Majesté et moi en aurons du plaisir ; et si elle manque, je suis en votre disposition, et j'espère que vous aurez pitié de mon innocence. Je supplie donc Votre Majesté d'ordonner que l'on fasse devant l'église de Notre-Dame un grand enclos, fermé de barrières, qui puisse contenir toute votre cour et tout le clergé de cette ville. Vous ferez garnir tout cet enclos de riches tapis d'or et de soie, et d'autres ornements les plus beaux ; on élèvera au milieu un autel, sur lequel je prétends qu'on célèbre une messe dimanche au matin, à laquelle Votre Majesté et tous les princes et seigneurs de la cour assisteront dévotement, et viendront en ce lieu avec une pompe royale ; la princesse y sera pareillement amenée lors du sacrifice, et vous ferez, s'il vous plaît, tenir à l'un des bouts de la place, hors de l'enceinte, vingt ou trente personnes avec des trompettes, tambours ou autres instruments de guerre et de musique faisant grand bruit, tous lesquels, aussitôt que je leur en donnerai le signal, qui sera de lever mon chapeau, joueront de leurs instruments et s'avanceront à petit pas, en jouant, vers l'enclos où sera Votre Majesté, et je crois que cette musique avec quelques autres secrets que j'y ajouterai feront sortir cet esprit résistant.

Le roi donna incontinent ses ordres que tout fût prêt comme Jean Mathieu l'avait dit ; et le dimanche étant venu, l'enceinte fut remplie de toute la cour et du clergé, et les rues aboutissantes à la place furent remplies de peuple ; la messe fut célébrée avec solennité, et la démoniaque amenée dans les barrières par deux évêques et suivie de plusieurs seigneurs.

Quand Rodéric vit tant de peuple assemblé, et un si bel appareil, il en fut surpris, et dit en soi-même : « Quelle est la pensée de ce faquin ? Croît-il m'éblouir par cette faible pompe, moi qui suis accoutumé à voir celle du ciel, aussi bien que les fureurs de l'enfer ? Il me la payera ; je le châtierai assurément de son audace. » Alors Jean Mathieu s'approcha de lui et le conjura encore de vouloir sortir ; mais le démon, irrité : « Est-ce là, lui dit-il, tout ce que tu sais faire ? Et ce bel appareil est-il pour me tenter, ou pour éviter ma puissance et la colère du roi ? Ce sera plutôt pour te voir pendre avec plus d'ornement et en meilleure compagnie, malheureux, coquin ! infâme affronteur ! » Et comme il continuait à l'outrager de paroles en présence de tout le monde, Jean Mathieu crut qu'il n'avait plus de temps à perdre, et, ayant donné le signal avec son chapeau, toutes les trompettes, les clairons, fifres et tambours, hautbois et autres instruments ordonnés pour jouer commencèrent à faire un bruit si grand qu'il fut facilement entendu de tous ceux qui étaient dans l'enceinte ; et comme les instruments en approchaient toujours et que le bruit en augmentait, Rodéric, qui ne s'y attendait point, en fut étonné, et, la curiosité le pressant, il demanda à Jean Mathieu (qui était encore près de lui) ce que ce bruit signifiait. À quoi Jean Mathieu, feignant de la tristesse, répondit : «Hé ! mon cher Rodéric, je vous plains : c'est votre femme qui vient vous retrouver.» Chose merveilleuse, le trouble que conçut Rodéric à cette nouvelle fut si grand, et la crainte de retomber encore au pouvoir de cette folle fut si véhémente, que, sans avoir le loisir d'examiner si la chose était vraisemblable, ou même possible, et sans considérer l'intérêt de celui qui lui en faisait le conte, et qui pouvait raisonnablement lui être suspect, il quitta promptement le corps de la princesse, plein d'épouvante et de dépit, sans répliquer une seule parole, et retourna sur-le-champ en enfer, où il aima mieux aller rendre raison de sa commission, quoique avant le temps, que de se voir de nouveau exposé à la tyrannie du mariage et aux douleurs, dégoûts et périls que cause une mauvaise compagne. Ainsi Belfégor, retournant en enfer, vérifia authentiquement par son rapport l'excès des maux qu'une méchante femme amène avec soi dans la maison d'un mari facile, et Jean Mathieu fit voir qu'il en savait plus que le démon même, et s'en retourna chez lui riche et content.

Quelques années après on vit aux enfers une autre aventure, qui confirma davantage combien grand est le malheur d'avoir une méchante femme. Un nouveau venu auquel, suivant la coutume, on faisait sentir pour sa bienvenue les plus rudes tourments, n'en parut pas ému davantage que si on l'eût bien caressé. Ses bourreaux, indignés de lui voir cet air indolent, si peu connu aux enfers, crurent de s'être relâchés à son égard, et que les pointes des instruments qu'ils employèrent pour la torture étaient émoussées ; ils s'armèrent donc d'armes nouvelles et d'une cruauté que leur colère augmentait, et s'étant jetés avec la dernière fureur sur ce malheureux, ils l'auraient mis en pièces mille fois, s'il avait pu autant de fois mourir ; mais les damnés ne meurent pas, en souffrant pourtant mille morts à chaque moment. Celui-ci résista toujours comme auparavant, et fut muet durant la plus grande rage des coups, montrant même un air assez satisfait qui bravait tous les ministres de l'enfer. Ceux-ci, plutôt las de le tourmenter que lui de souffrir, avouèrent de n'avoir jamais rien vu de semblable, et en firent leur rapport à Lucifer, lequel, étonné d'une chose si rare, voulut lui-même le voir et l'interroger. Cet homme, étendu sur la terre, disait quelque chose entre ses dents quand Lucifer arriva. « Et qui es-tu, lui dit-il, à qui tout l'enfer ne saurait faire peur, et qui comptes pour rien tous nos supplices et tous nos malheurs ? — Comment, seigneur, répondit l'inconnu, serait-il vrai que je suis en enfer ! Hélas ! je croyais n'être qu'en purgatoire, et je disais en moi-même, quand vous êtes venu, que j'étais encore bien heureux au prix de ce que j'étais en l'autre monde en la compagnie de la plus détestable femme que le soleil ait jamais vue. Durant vingt ans de mariage je n'ai pu avoir un quart d'heure de repos avec elle, et son esprit était si ingénieux à me tourmenter qu'elle me régalait tous les jours de quelque nouvelle persécution, dont la moindre surpassait tout ce que j'ai trouvé ici de plus rude et de plus cruel ; c'est la raison pour laquelle je n'ai ni gémi, ni crié, quoi qu'on m'ait pu faire ; et, si je suis en enfer, je dirai toujours qu'on y est mieux qu'avec une telle femme, plus redoutable que tout l'enfer même. »

Le prince des démons frémit à ce discours, et, avant que de se retirer, il ordonna de nouveaux supplices à ce discoureur. Mais rien ne put le faire dédire de ce qu'il avait avancé. Il disait qu'il trouverait du rafraîchissement au milieu des flammes, et que, pourvu que sa femme ne vînt pas le rejoindre et se mettre de la partie, il prendrait patience, et tous les autres maux à gré. Il tint en effet parole, et jamais on ne le vit soupirer ni se plaindre par les efforts de la douleur. Mais enfin sa femme mourut, et

Lucifer, que la pitié ne toucha jamais, l'ayant reçue comme elle le méritait, la renvoya à son mari : elle le tourmenta comme elle avait de coutume, et le pauvre infortuné, rencontrant dès lors véritablement son enfer, est celui de tous les damnés qui crie le plus et qui souffre davantage.

FIN.